Ursina das Sternenkind

dass die Liebe auf die Erde bringen wollte

URSULA LEHMANN

Ursina das Sternenkind

dass die Liebe auf die Erde bringen wollte

URSULA LEHMANN

Bibliografische Information der Deutschen Nationalbibliothek: Die Deutsche Nationalbibliothek verzeichnet diese Publikation in der Deutschen Nationalbibliografie; detaillierte bibliografische Daten sind im Internet über dnb.dnb.de abrufbar.

Herstellung und Verlag: BoD – Books on Demand, Norderstedt

ISBN: 978-3-75623-545-2

URSINA DAS STERNENKIND

Ursina wurde zu einer Zeit geboren, als der Vater noch das Oberhaupt der Familie war und für den Unterhalt sorgte. Die Mutter hingegen kümmerte sich um den Haushalt und umsorgte die Kinder.

Bei Ursina war das jedoch ganz anders. Ihre Eltern hatten ein Geschäft und mussten den ganzen Tag arbeiten. Anfangs, gleich nach ihrer Geburt, schlief Ursina sehr viel und merkte zuerst nicht, dass sie allein gelassen wurde.

Als Ursina jedoch 8 Monate alt war, begann sie die Welt um sich bewusster wahrzunehmen. Hin und wieder wurde Ursina von ihrer Mutter gewickelt, doch mehr bekam sie von ihrer Mutter nicht zu sehen.

Als Ursina keine Windeln mehr brauchte, fing sie voller Freude an, ihre Beinchen zu bewegen. Sie strampelte, gurrte und testete, in wie viele Richtungen sie ihre Beine strecken konnte. Plötzlich aber schimpfte ihre Mutter und gab Ursina einen Schlag auf den Oberschenkel. Es brannte und tat weh. Ursina erstarrte das erste Mal in ihrem Leben. Doch sie war viel zu jung, um zu verstehen, was da gerade geschehen ist.

Als Ursina sitzen konnte, wurde sie von ihrer Mama mit einem Gürtel auf einen kleinen Stuhl angebunden. Der Stuhl stand in einem Laufgitter. Die Mama drückte ihr noch einen Plüschhund in die Hand und ging in das Geschäft, um zu arbeiten.

Ursina war oft 4 bis 5 Stunden allein, bis eben ihre Mama Zeit hatte und vom Geschäft zurückkam. Ursina wollte sich von ihrem Stuhl befreien. Darin wurde es ihr längst viel zu langweilig. Ursina wollte strampeln und Laufen lernen. Der Gürtel war jedoch so festgeschnallt, dass Ursina aus eigener Kraft nicht herauskonnte. So wartete Ursina geduldig 4 Stunden, bis ihre Mama zurückkam und Ursina etwas zu essen gab. Sie lobte Ursina sogar, da sie sehr brav war.

Ursina lernte schnell, dass, wenn sie sich ganz zurücknahm, ruhig war und alles über sich ergehen liess, so war sie brav und bekam etwas zu essen. Nach dem Essen ging die Mama wieder in das Geschäft. Sobald ihre Mutter zur Türe hinaus war, wollte sich Ursina von ihrem Sessel befreien – doch es ging nicht. Ursina fühlte sich einsam und verlassen.

Je mehr Zeit verging, desto grösser wurde die Wut, die in ihr hochkroch. Ursina schrie und weinte, doch niemand kam ihr zu Hilfe. Ursina durchlebte diese Situation für viele Wochen. Schliesslich war sie so verzweifelt, dass sie einfach nicht mehr leben wollte. Niemand hatte Zeit für Ursina und sie weinte bitterlich. Am Ende wünschte sie sich nur eines: sterben zu dürfen.

Gerade als Ursina dachte, ihr Leben konnte einfach nicht mehr schlimmer werden, hörte Ursina eine helle Stimme bei ihrem Ohr.

„Kleines Menschenkind, ich bin eine Fee. Mein Name ist Violetta. Möchtest du mit mir spielen?"

Ursina hörte auf zu weinen und sah die wunderschöne Fee überrascht an. Ihr Kleid glitzerte und sie trug einen Blumenhut auf ihrem Kopf. Ursina war ganz begeistert. Noch nie in ihrem Leben hatte sie so etwas Schönes gesehen.

„Liebe Violetta, ich würde sehr gerne mit dir spielen!"

„Dann komm doch einfach zu mir ins Feenreich. Dort ist mein Papa König", erwiderte Violetta. „Ich würde dich gerne meinem Papa vorstellen."

Da wurde Ursina sehr traurig und murmelte:

„Ich bin doch hier angebunden. Ich kann nicht mit dir gehen."

Violetta lachte.

„Liebe Ursina, ich werde dir jetzt einen ganz tollen Trick lernen!"

„Einen Trick?", erwiderte Ursina fragend. „Noch niemals in meinen Leben hat mir jemand einen Trick gelernt. Was für ein Trick ist denn das?"

„Ich werde dir zeigen, wie du in Gedanken überall hingehen kannst, wo du nur hin willst!", erwiderte Violetta begeistert.

Ursina war erstaunt. „Ja ist denn das wirklich möglich?", fragte sie mit neu erwachter Wissbegier.

Violetta lehrte dem Menschenkind, dass sie nur ihre Augen schliessen müsse und schon konnte sie im Geist sein, wo sie sein wollte. Ursina lernte schnell, denn alles war besser, als an dem dämlichen Sessel angebunden zu sein.

So gingen die beiden in das Feenreich. Soweit Ursina sehen konnte, funkelte und glitzerte hier alles. Sie sah auch den Palast, der aus wunderschönen Edelsteinen bestand. Als die Sonne ein wenig am Himmel aufstieg und ihre Strahlen auf den Palast warf, entdeckte Ursina viele Farben in den Edelsteinen.

„So etwas Schönes habe ich noch nie gesehen!", rief Ursina entzückt. „Du hast ein wunderschönes Zuhause." Violetta freute sich über Ursinas freundliche Worte so sehr, dass ihre Augen noch mehr als sonst zu strahlen begannen.

Violetta brachte Ursina zu ihrem Vater Rosberto.

„Hallo, kleines Menschenkind, wir haben schon von dir gehört. Du darfst gerne bei uns bleiben. Allerdings musst du für uns arbeiten. Als Dank für deine Mühen werden wir dir alles lernen, was du wissen möchtest."

Dieser Vorschlag gefiel Ursina. Sie wollte gerne im Feenreich arbeiten, denn sie wollte alles wissen, was es zu wissen gab. Da alle mit dieser Abmachung zufrieden waren, zeigte Violetta ihrer kleinen Menschenfreundin ihr Zimmer, wo Ursina schlafen konnte. Und schon am nächsten Morgen nahm Violetta Ursina in die Berge und zeigte ihr, wo die Edelsteine zu finden waren.

Violetta gab Ursina einen kleinen Hammer und erklärte: „Schau, Ursina, so klopfst du auf die Steine und wenn der Korb voll ist, gehen wir in die Feenschule." Und da Violetta mithalf, war der Korb bald voll und Ursina durfte mit in die Schule.

Die Lehrerin Casseira empfing Ursina herzlich. Zuerst erzählte Casseira von den Bäumen, wie unendlich weise sie sind und dass sie auch ein grosses Wissen in sich tragen. Casseira erklärte den beiden Mädchen, dass Bäume wissen, wie sie sich selbst heilen können.

„Der Mutterbaum speichert viel Wissen und gibt dieses Wissen durch die Wurzeln an andere Bäume weiter", erklärte die Lehrerin. „Euere erste Aufgabe ist es, einen Baum zu fragen, ob ihr euch ausdehnen dürft."

Ursina lehnte sich an einen Baum und fragte, ob sie sich ausdehnen dürfe. Sofort spürte sie, wie sie sanft mit dem Baum eins wurde. Ursina spürte so viel Liebe für die Eiche! Ursina sah aber auch, wie sehr die Eiche ihre Kinder liebte, wie sie die jungen Bäume umsorgte und ihnen vieles lehrte.

Doch dann wurde Ursina ganz traurig. Sie fragte sich, warum das bei ihrer Mama so ganz anders war, warum ihre Mama sie nicht so lieb haben konnte, wie die Eiche ihre Kinder liebte.

Die Eiche war sehr einfühlsam. Sie spürte Ursinas Schmerz und sprach:

„Liebes Menschenkind, wann immer du geliebt werden möchtest, gehe einfach in den Wald und verbinde dich mit uns. Wir werden dir immer helfen."

Ursina war gerührt und bedankte sich bei diesem wundervollen Baum.

Plötzlich wurde Ursina mit einem Ruck aus der Feenwelt gerissen. Es war die Stimmer ihrer Mutter:

„Ursina! Hallo, aufwachen! Du verschläfst ja dein Abendessen!"

Verschlafen dachte Ursina: „Wenn ich meiner Mama so viel Liebe gebe wie die Eiche ihren Kindern, dann würde Mama doch bestimmt mehr Zeit für mich haben."

Ursina probierte sofort aus, was sie in der Feenwelt gelernt hatte. Sie dehnte sich in ihre Mama und liess all ihre Liebe überfliessen. Doch leider konnte ihre Mama Ursinas Liebe nicht annehmen.

Ursina dachte, sie hätte etwas falsch gemacht. „Morgen werde ich Violetta fragen, was da schiefgelaufen ist."

Am nächsten Morgen wurde Ursina wieder auf ihrem Stuhl festgebunden. Ursina hatte nichts mehr dagegen und ärgerte sich auch nicht mehr. Sie wusste ja, dass sie in der Feenwelt schon erwartet wurde.

Und so war es auch. Sobald sich Ursina in die Feenwelt dachte, sah sie auch schon Violetta, die auf sie wartete. Violetta brachte wieder Korb und Hammer und schon gingen sie in die Berge, um Edelsteine zu holen.

Während sie fleissig arbeiteten, erzählte Ursina was am Abend zuvor geschehen war.

„Ich habe mich in meine Mama ausgedehnt, genauso wie bei der Eiche, und habe die Liebe fliessen lassen, doch meine Mutter wollte meine Liebe nicht. Weisst du, warum das so ist?"

Violetta wusste die Antwort dazu. Und so begann sie: „Jeder Mensch, jedes Tier und jede Pflanze kann selbst wählen, was sie möchten. Das ist etwas, das wir immer respektieren sollten. Es wird einen Grund geben, warum deine Mama deine Liebe nicht annehmen konnte."

Ursina konnte das verstehen. Es ist gut, wenn man selbst wählen kann. Und dennoch, Ursina war traurig, dass ihre Mama ihre Liebe nicht wollte. Doch sobald Ursina wieder in der Feenschule war, vergass sie ihren Kummer.

Diesmal lehrte Casseira die Blumen und Bienen. Sie erklärte, warum man Blumen richtig hegen und pflegen sollte. Sie sprach auch über die Bienen und Hummeln, die die Blüten bestäuben.

Ursina liebte die Hummeln, denn sie waren schön und flauschig mit ihrem Pelz. Doch auch die Bienen faszinierten Ursina. Bienen arbeiten sehr viel und summen bei der Arbeit.

Ursina konnte kaum bis zum nächsten Morgen warten. Für diesen Morgen hatte Casseira eine ganz besondere Lektion vorbereitet. Sie würde den Kindern lernen, wie sie mit ihrer Gedankenkraft Edelsteine durch die Luft fliegen lassen können.

„Au, fein", sagte Violetta. „Jetzt brauchen wir keinen Hammer mehr, um die Steine aus dem Berg zu klopfen. Jetzt bewegen wir sie mit unserer Gedankenkraft!"

Ursina dachte für einen Moment nach, dann fragte sie: „Können wir jetzt alles durch die Luft fliegen lassen?"

„Theoretisch ja", erwiderte Casseira. „Doch bevor du jemanden durch die Luft fliegen lässt, solltest du fragen. Und wenn die Person nein sagt, so sollten wir das respektieren."

Ursina dachte, wenn ich meiner Mama zeige, dass ich Steine fliegen lassen kann, dann würde sie doch sicher länger bei mir bleiben.

Und da hörte sie auch schon die vertraute Stimme.

„Aufwachen, Ursina! Aufwachen! Dein Mittagessen ist fertig!"

Ursina brauchte einige Sekunden, bis sie wach wurde und sich daran erinnerte, wieder unter Menschen zu sein.

Nach dem Essen, als ihre Mama das Geschirr abwusch, holte sich Ursina mit ihrer Gedankenkraft das Geschirrtuch und eine Gabel zum Abtrocknen. Ursina dachte, wenn ich meiner Mama helfe, so würde sie doch mehr Zeit für mich haben.

Doch alles ging nicht nach Plan. Als ihre Mama sah, wie das Geschirrtuch und die Gabel durch die Luft flogen, schrie und schimpfte sie mit Ursina. Sofort setzte sie Ursina auf den kleinen Stuhl zurück, wo das Mädchen wieder angebunden wurde. Danach ging ihre Mutter zur Arbeit und Ursina war wieder allein. Ursina weinte bitterlich. Egal was ich hier bei den Menschen anstelle, es ist immer falsch.

Ursina beschloss, von nun an nichts mehr zu tun und auch nicht mehr zu sprechen. Völlig apathisch liess sie alles mit sich geschehen. Selbst wenn ihr Papa Grimassen schnitt, was Ursina gewöhnlich zum Lachen brachte, reagierte sie diesmal nicht.

Papa machte sich Sorgen um Ursina. Er dachte, wenn er ein Kindermädchen engagieren würde, so würde Ursina auch wieder fröhlich werden.

Heidi, das Kindermädchen, spielte viel mit Ursina. Sie sang Kinderlieder und umarmte Ursina, wenn sie traurig war. Ursina genoss die Aufmerksamkeit, die sie von Heidi bekam. Und so passierte es eines Tages, gerade als auch ihre Mama mit dabei war, dass sie in Gedanken verloren zu Heidi sagte: „Heidi, ich habe dich sooooooo liiiiieb."

Als Ursinas Mama dies hörte, wurde sie sehr eifersüchtig auf Heidi. Sie erklärte Heidi klipp und klar, dass ihre Hilfe nicht mehr benötigt wäre.

Traurig ging Heidi weg.

Ursina fragte ihre Mama immer wieder, wo denn Heidi sei. Ursinas Mama hörte das nicht gerne. Ja, es machte sie sogar wütend. In ihrem Zorn und ihrer Eifersucht erwiderte sie ihrer Tochter, dass Heidi nicht mehr kommen würde, da sie Ursina nicht lieb hatte.

Ursina spürte einen riesigen Schmerz in ihrer Brust. Zu hören, dass Heidi nicht mehr kommen würde, da sie das kleine Mädchen nicht mehr lieb hatte, tat Ursina unendlich weh.

Am nächsten Morgen ging Ursina zu Violetta. Sie erzählte, was am Vorabend zu Hause vorgefallen war und fragte Violetta, ob sie für immer in der Feenwelt bleiben könne. Eifrig fuhr das Mädchen fort: „Ich werde auch wirklich alles lernen und alles tun, was auch ihr tut. Ich möchte auch eine Fee werden."

Violetta antwortete mit einem Lächeln: „Gerne darfst du hier bei uns bleiben. Doch eine Fee kannst du nicht werden, denn du bist ja ein Menschenkind."

Das genügte Ursina. Sie war froh bei Violetta bleiben zu dürfen, auch, wenn sie keine Fee werden konnte. So vergingen viele Tage, die Ursina nützte, so viel wie möglich zu lernen. Es war eine wunderschöne Erfahrung für das Mädchen, alles zu lieben und respektieren zu lernen. Schon bald erkannte sie in jedem Käfer, Würmchen, in jedem Tier und in jeder Pflanze die Liebe der Schöpfung.

So vergingen viele Monate. Ursina blieb im Feenreich und kam nur zu den Mahlzeiten zu ihrer Mama zurück.

Eines Tages, als Ursina gerade ein Hummelchen streichelte, sah sie ein helles Licht. Das Licht war so wunderschön; Ursina fühlte sich sofort geborgen und bedingungslos geliebt. Eine Liebe, die sie in ihrem kurzen Leben noch nie erfahren hatte.

Das Licht sprach zu Ursina: „Ursina, du bist ein Menschenkind, du gehörst zu den Menschen. Du hast mir versprochen, die Liebe zu den Menschen zu bringen."

Sofort erinnerte sich Ursina, dass sie der Schöpfung versprochen hatte, die Liebe zu den Menschen zu bringen.

Bedrückt erzählte Ursina dem Schöpfer, wie es ihr unter den Menschen ergangen war.

„Weisst du", fuhr sie fort, „die Menschen wollen ja gar keine Liebe. Muss ich denn wirklich zu den Menschen zurück?"

„Nein, Ursina", erwiderte der Schöpfer. „Du musst nicht zurück, du darfst wählen." Ursina fragte den Schöpfer erneut: „Würde ich nicht mehr zurück zu den Menschen gehen, würdest du mich genauso fest liebhaben?" Doch noch bevor sie diese Frage ganz aussprechen konnte, liess der Schöpfer Ursina seine unendliche Liebe fühlen.

Da der Schöpfer Ursina überzeugte, dass er sie gleich liebhaben würde, ganz egal was sie tat, hielt sie sich an ihr Versprechen. Schweren Herzens verabschiedete sie sich von Violetta, ihrem Papa Rosberto, der Lehrerin Casseira und allen Blumen und Tieren.

Als Ursina nach ihrer langen Abwesenheit zurück in ihren Körper kam, hörte sie ihre Mama am Telefon sprechen: „Ursina ist jetzt 2 Jahre und 6 Monate alt und kann noch immer nicht laufen. Ich glaube, sie ist zu dumm und zu faul, um sich auch nur zu bewegen."

Als das Mädchen die schroffen Worte ihrer Mama hörte, kullerten Tränen ihren Wangen hinunter. Ursina wurde sehr wütend. Wie sollte sie denn laufen lernen, wenn sie immer auf ihrem Stuhl angebunden war?

Eine Woche später kamen eine Frau und ein Mann zu Besuch. Ursinas Mama erklärte, dies wären ihre Grosseltern. „Und", fügte sie hinzu, „du, Ursina, darfst jetzt zu deinen Grosseltern aufs Land fahren und dort die Ferien verbringen."

Da die Grosseltern in einem anderen Land wohnten, hatte Ursina sie noch nie gesehen. Oma und Opa waren für Ursina zwei völlig fremde Menschen. Auch verstand Ursina nicht, warum sie von ihren Eltern fortmusste.

Eine lange Autofahrt brachte sie schliesslich zum Wohnort von Ursinas Grosseltern. Völlig erschöpft von der langen Reise schlief Ursina ein und schlief für die nächsten 12 Stunden.

Am Morgen kam ihre Oma und rieb Ursinas Beine mit Franzbranntwein ein.

„Du wirst sehen, Ursina", sagte ihre Oma, „wir werden jetzt jeden Tag Laufen lernen. Du wirst sehen, es wird nicht lange dauern!" Und damit nahm die Oma Ursina bei den Händen und lief mit ihr auf die Terrasse, bis Ursina keine Kraft mehr hatte.

Erschöpft schlief Ursina wieder ein.

Am nächsten Morgen hatte Ursina einen Muskelkater, das tat weh, aber die Oma massierte Ursinas Beinchen und danach ging es gleich los zum Training. Nach einer Woche hörten die Schmerzen auf. Ursinas Muskeln waren viel besser durchblutet und das Mädchen spürte, wie sie mit dem täglichen Training stärker wurde. Jeden Tag hatten ihre Beinchen ein wenig mehr Kraft.

Es dauerte auch gar nicht lange und Ursina liebte ihre Oma von ganzem Herzen. Sie war den ganzen Tag für Ursina da, erzählte ihr viele Märchen und kochte Mahlzeiten, so gut wie es nur Grossmütter konnten.

Ihre Oma hatte einen grossen Garten mit ganz feinen Karotten, die sie für Ursina presste. Ursina konnte von dem frischen Karottensaft einfach nicht genug bekommen. Unter all den feinen Speisen, die Oma jeden Tag kochte, hatte Ursina eine Lieblingsspeise: Dampfnudeln mit Obstkompott. Dank dieser liebevollen Betreuung konnte Ursina bereits nach 6 Monaten laufen.

Doch dann, eines Tages, kamen Ursinas Eltern zu Besuch, um Ursina wieder mit nach Hause zu nehmen. Ursina wollte viel lieber bei ihrer Oma bleiben, denn die Oma hatte immer Zeit für Ursina. Doch alles Weinen half nichts, Ursina musste mit ihren Eltern nach Hause gehen.

Als sie zu Hause angekommen waren, nahm ihr Papa Ursina auf den Arm und ging mit ihr in ihr neues Zimmer. Das Laufgitter und der Stuhl, an dem Ursina angebunden war, waren verschwunden. Stattdessen hatte sie ein grosses Bett mit vielen Spielsachen. Ihr Papa spielte mit Ursina bis zum Abend; bis Ursina so müde war und einschlief.

Als Ursina mitten in der Nacht von einem Geräusch aufwachte, wollte sie zu ihren Eltern ins Bett schlüpfen. Doch es war niemand da. Ursina suchte in der ganzen Wohnung nach ihren Eltern. Als sie ihre Eltern nicht finden konnte, begann Ursina zu weinen und ging auf den Balkon hinaus.

Sie rief so laut sie konnte nach ihren Eltern. Doch niemand hörte sie. Soldaten, die an einer Truppenübung teilnahmen, gingen auf der Strasse vorbei. Als sie das Mädchen am Balkon weinen sahen, riefen ihr zu: „Kleines Mädchen, geh wieder ins Bett. Deine Eltern werden sicher bald nach Hause kommen."

Ursina fühlte sich einmal mehr hilflos und allein. Dennoch vertraute sie den Soldaten und ging zurück zu Bett.

Am nächsten Morgen fragte Ursina ihre Eltern, wo sie gewesen sind. Ihr Papa antwortete, dass sie bei Freunden waren, während Ursina geschlafen hatte. Er gab zu, dass sie dachten, dass es ok wäre, auszugehen, während ihre Tochter schlief.

Ursina getraute sich nicht ihre Angst zu zeigen. Sie fürchtete, dass ihre Eltern sie weniger lieb haben würden, sobald sie ihre Angst zeigen würde.

Eines Nachts wurde Ursina von ihrem Papa geweckt: „Ursina, du hast ein Brüderchen bekommen."

Ursina freute sich riesig.

„Juhu, jetzt bin ich nicht mehr allein!"

Ursina ging in das Schlafzimmer ihrer Eltern. Und da lag Ursinas Brüderchen, eingewickelt in warme Decken.

„Sein Name ist Samuel", stellte ihr Vater das neue Familienmitglied vor.

Ursina ging vorsichtig zu ihrem Bruder und streichelte Samuel sanft über das Köpfchen. Sie umarmte ihn sogar und hiess ihn auf der Erde willkommen.

„Geliebtes Brüderchen, ich habe dich sooooo lieb!"

Ihrer Mama wurde das zu viel und sie sprach streng: „Ursina, hör auf, du bringst deinen Bruder mit so viel Liebe ja um!"

Ursina war geschockt und ging weinend in ihr Zimmer. Sie wollte doch, dass ihr Brüderchen lebte und versprach sich selbst: „Wenn meine Liebe ihn jedoch umbringt, werde ich mein Herz verschliessen und Samuel nicht mehr lieb haben."

Traurig dachte sie zurück an die Feen-Zeit. Im Feenreich durfte sie alles lieben. Ursina erinnerte sich an die Worte der Schöpfung und dass sie versprochen hatte, die Liebe auf die Erde zu bringen.

„Aber Schöpfer", sagte sie damals, „die Menschen wollen ja keine Liebe ...!"

Ursina war traurig, weil sie ihr Versprechen nicht einlösen konnte. Zum zweiten Mal in ihrem kurzen Leben verlor sie jegliche Lebensfreude. So wandte sie sich an den Schöpfer:

„Bitte nimm mich von der Erde weg. Hier ist es so kalt."

Und als sie vom Schöpfer keine Antwort erhielt, dachte Ursina, dass sie selbst von dem Schöpfer verlassen wurde.

Ursina ging in den Garten und weinte herzergreifend. Die Tränen sprudelten nur so aus ihren Augen, dass sie dachte, nie wieder mit dem Weinen aufhören zu können.

Doch, plötzlich und unverhofft, stupste ein kleines, warmes Näschen an Ursinas Arm. Ursina schaute durch ihre verweinten Augen und sah ein wunderschönes Kätzchen.

„Ja wer bist denn du?", fragte Ursina.

Und da sie die Tiersprache im Feenreich gelernt hatte, hörte sie auch sofort: „Ich bin Mikesch und bleibe jetzt bei dir. Mich darfst du ganz fest lieb haben."

Ursina fiel ein Stein vom Herzen! Voll Freude rief sie aus: „Oh, dann darf ich ja doch jemanden auf der Erde lieben!"

Mikesch und Ursina wurden die besten Freunde. Das Mädchen liebte es, wenn Mikesch auf ihrem Bauch lag und sich schnurrend an sie ankuschelte. Alle Liebe, die Ursina zu verschenken hatte, gab sie Mikesch.

Eines Tages wurde Ursina von ihrer Mutter konfrontiert.

„Es wäre schön, wenn du auch deinen Bruder lieb haben würdest. Nicht nur diese Katze!"

Verwirrt ging Ursina auf ihr Zimmer und dachte: „Nein Mama, du hast gesagt, meine Liebe bringt Samuel um, und ich möchte, dass er lebt, und deshalb gebe ich meine Liebe besser Mikesch."

So vergingen 2 Jahre. Ursina gab all ihre Liebe zu Mikesch. Doch eines Tages war Mikesch verschwunden.

Ursina suchte stundenlang, doch Mikesch war nirgends zu finden. Ursina weinte und ging zu ihren Eltern.

„Bitte helft mir Mikesch zu suchen. Er ist auf einmal verschwunden."

Doch ihre Eltern hatten keine Zeit. Sie mussten doch im Geschäft arbeiten.

So suchte Ursina weiter, bis sie völlig erschöpft vor dem Geschäft ihrer Eltern einschlief. Die Kunden, die in das Geschäft kamen, stiegen einfach über Ursina hinweg und so wurde Ursina erst wieder nach Geschäftsschluss von ihren Eltern geweckt. „Habt ihr Mikesch gesehen?", war die erste Frage, als Ursina erwachte.

Ihr Papa sprach mit einer Kundin, die beim Tierarzt arbeitete. Die Kundin erklärte dem Mädchen, dass ein Autofahrer Mikesch in die Ordination gebracht hatte, da die Katze überfahren wurde. Leider konnte der Tierarzt nichts mehr für die Katze tun. Ihr geliebter Mikesch war gestorben.

Ursina sagte kein Wort, doch ihr Herz tat so weh. „Ich glaube, so fühlt sich ein gebrochenes Herz an", dachte das Mädchen für sich.

Ursina weinte tagelang über den Verlust ihrer geliebten Katze.

„Vielleicht", dachte sie, „hat meine Mama doch recht und alles, was ich lieb habe, muss auch sterben?"

Eines Tages rief sie ihr Papa: „Komm, wir holen eine neue Katze für dich, damit du aufhörst zu weinen!"

Doch Ursina wollte keine neue Katze. Sie dachte, wenn ich nun die neue Katze auch lieb habe, so muss sie ja doch wieder sterben. Ursina zog sich in ihrem Schmerz ganz in sich zurück. Am liebsten wäre auch sie gestorben. Dann wäre sie wieder mit Mikeschs Seele zusammen. Ursina wusste von der Feenschule, dass nach dem Tod die Seelen wieder zueinander finden.

Von nun an unterhielt sich das Mädchen mit Hummeln, Bienen, Marienkäfer und den Pflanzen. Vor allem die Bäume im Garten trösteten Ursina. Sie erklärten Ursina, dass es nach jedem Regen wieder Sonnenschein geben würde.

So verbrachte Ursina einige Monate ganz in ihrer Welt. Sie nahm die Menschen um sich herum zwar wahr, doch sie wollte sich nicht mit ihnen unterhalten.

Eines Tages verkündete ihre Mama, dass Ursina ab morgen in den Kindergarten gehen würde.

„Komm", sagte sie, „wir gehen und kaufen eine Kindergartentasche für dich, damit du dein Pausenbrot mitnehmen kannst."

Ursina freute sich, denn ihre Mama erzählte ihr, dass es im Kindergarten viele Kinder geben würde, mit denen sie spielen konnte. Und so ging Ursina am nächsten Morgen in den Kindergarten.

Die Lehrerin begrüsste Ursina und zeigte ihr, wo ihr Platz war. Ursina setzte sich nieder und sah zu, wie die Kinder spielten. Doch für Ursina war es hier viel zu laut. Alle Kinder redeten und lachten; es war ein riesengrosses Durcheinander.

Ursina fühlte sich in dieser lauten Welt nicht wohl, doch sobald die Lehrerin ins Zimmer kam, sorgte sie für Ordnung. Sofort wurde es ruhig. Ursina fühlte sich etwas wohler.

Obwohl die Lehrerin zwar nett war, spürte Ursina, dass sie die Kinder nicht so gerne mochte. Das Mädchen dachte, dass Strenge mit Liebe gleichzusetzen war.

So ging Ursina in der Mittagspause nach Hause und sagte ihrer Mama, dass es ihr im Kindergarten nicht gefiel und dass sie morgen wieder daheimbleiben werde.

Doch ihre Mutter antwortete schroff: „Du musst in den Kindergarten gehen. Das ist einfach so. Es wird dir schon noch gefallen."

So zwang sich Ursina, nach dem Mittagessen wieder in den Kindergarten zurückzugehen. Ursina spielte oft allein oder mit einem Mädchen, das ebenfalls sehr ruhig war. Und obwohl die beiden Mädchen bald Freundinnen wurden, hielt Ursina ihr Herz verschlossen, weil sie dachte, wenn sie Ilona lieben würde, so würde sie sicher ihre Freundin verlieren.

Inzwischen war es Winter geworden.

„Ursina, komm, es hat geschneit, wir gehen mit Samuel Schlittenfahren!"

„Au ja, Mama, ich komme!"

Als sie dann jedoch am Schlittenhang ankamen, bekam Ursina Angst und wollte nicht mehr Schlittenfahren. Ursinas Mutter war uneinsichtig, schimpfte und zwang Ursina auf den Schlitten.

Sie waren gerade die Hälfte der Strecke hinunter, als Ursinas Fuss unter den Schlitten geriet und sie herunterfiel.

Ihre Mama lachte und sagte: „Komm, steh auf, Ursina, das macht doch nichts."

Doch als Ursina aufstehen wollte, ging es nicht. Ursina hatte sich das linke Bein gebrochen.

Ihre Mama packte Ursina auf den Schlitten, und zog ihre Tochter den ganzen Weg nach Hause.

Ursina hatte Glück, denn der Arzt kam ins Haus. Geschickt legte er einen Gipsverband an und erklärte, dass mit dem Gips der Knochen besser heilen konnte.

Ursina dachte im Stillen, dass ihr dieses Gipsbein ganz gelegen kam, denn nun konnte sie vom Kindergarten zu Hause bleiben. Und bis ihr Bein ganz verheilt sein würde, würden noch einige Wochen vergehen!

Bald waren Osterferien.

Ursinas Mama und Papa wollten nach Griechenland fahren. Allerdings wollten sie ohne die Kinder ihren Urlaub geniessen. Aus diesem Grund sollten Samuel und Ursina zur Mutter ihres Vaters gehen. Da Ursina diese Grossmutter noch nie getroffen hatte, wollte sie auch nicht gehen. Ursina hoffte, dass, wenn sie nicht zu dieser neuen Grossmutter gehen würde, sie mit den Eltern mit nach Griechenland fahren könnte. Ihre Eltern hatten jedoch einen anderen Plan. Sie erklärten Ursina, dass sie nun, mit 6 Jahren, ein grosses Mädchen wäre und wenn sie wirklich nicht mit zu der neuen Grossmutter wollte, so könnte sie allein zu Hause bleiben. Danach öffnete Ursinas Mutter den Kühlschrank und zeigte dem Mädchen all die leckeren Sachen, die sie vorgekocht und eingekauft hatte.

„Und", fügte ihre Mutter hinzu, „wenn du etwas brauchst, so gehst du einfach in das Geschäft und einer unsere Angestellten wird dir helfen."

Schliesslich kam der erwartete Morgen und Ursinas Eltern verabschiedeten sich von dem Mädchen.

„Ursina", sprachen ihre Eltern, „bleib brav. In einer Woche sind wir wieder zurück".

Am ersten Tag ohne die Eltern ging es Ursina sehr gut. Zu Mittag holte sie ihre Müeslischüssel und füllte sie mit Haferflocken, Milch und Bananen. Es schmeckte Ursina und sie dachte bei sich: „Ich bin ja gross und kann mir mein Essen jetzt selbst zubereiten."

Ursina spielte mit ihren Legobausteinen und als es Abend wurde, dachte sie, die Woche müsste nun vorüber sein. Mama und Papa würden wohl bald nach Hause kommen.

So setzte sich Ursina vor die Wohnungstüre und wartete. Sie wartete, bis es dunkel wurde. Wieder einmal schlief das Mädchen vor der Wohnungstüre ein. Ursina träumte, dass ihre Eltern nach Hause gekommen waren. Die Freude, ihre Eltern wiederzusehen, riss sie mit einem Mal aus dem Schlaf. Schnell lief sie die Treppe hinauf und hinein in das Schlafzimmer ihrer Eltern. Zu ihrem grossen Schrecken sah sie, dass die Betten ihrer Eltern leer waren.

Ursina suchte ihre Eltern in der ganzen Wohnung, aber ausser ihr war niemand da. Ursina begann zu weinen und fühlte sich einsam und verlassen und als sie vom vielen Weinen erschöpft war, schlief sie wieder ein.

Als Ursina am nächsten Tag erwachte, liebkoste ein Sonnenstrahl ihr Gesicht.

„Guten Morgen, liebe Sonne", murmelte Ursina verschlafen. „Was denkst du? Ist heute eine Woche vorüber und meine Eltern kommen nach Hause?"

Das Mädchen wäre gerne hinaus in den Garten gegangen, um in der Sonne zu spielen. Doch sie fürchtete, dass, wenn sie die Wohnung verliess, sie ihre Eltern verpassen würde, die doch heute kommen würden.

So blieb sie einfach in der Wohnung und bereitete sich ihr Frühstück zu. Es waren wieder Milch, Bananen und Haferflocken. Danach schaltete sie den Fernseher an, da sie sich weniger einsam fühlte, wenn sie Stimmen im Hintergrund hörte.

Das Programm, das gerade lief, war eine unglückliche Wahl. Ursina sah, wie ein Mann mit einem Messer erstochen wurde. Schnell schaltete sie den TV wieder aus, doch jetzt hatte das Mädchen furchtbare Angst. Ursina fürchtete, dass jemand in die Wohnung kommen und auch sie mit einem Messer erstechen würde. Schnell lief Ursina in ihr Zimmer und schlüpfte unter die Bettdecke.

„Hier würde mich der Mann mit dem Messer sicher nicht finden", dachte Ursina.

Ursina blieb stundenlang unter der Decke und zitterte vor Angst. Irgendwann schlief das Mädchen ein und träumte von Engeln, die sie beschützen würden.

Ursina schlief den ganzen Tag und die ganze Nacht. Und als sie am nächsten Morgen aufwachte, sah sie tatsächlich einen Engel auf ihrem Bett sitzen.

„Guten Morgen, liebe Ursina, mein Name ist Raphael. Ich würde sehr gerne mit dir spielen!"

Ursina sah den Engel an. Er war wunderschön, so hell und strahlend.

Ursina zögerte nicht und sagte Raphael wie wunderschön er war.

Raphael erwiderte: „Ursina, wenn du nicht in einem menschlichen Körper steckst, so siehst du genau wie ich aus."

Das gefiel Ursina.

„Lieber Raphael", fuhr das Mädchen fort, „ich möchte kein Mensch mehr sein. Ich möchte auch ein Engel und so schön wie du sein."

Raphael erklärte Ursina, dass alle Menschen aus Körper, Seele und Geist bestehen. Er erklärte dem Mädchen auch, dass die Seele einen menschlichen Körper annimmt, um die Dinge der Erde zu lernen.

Ursina hörte aufmerksam zu und fragte schliesslich: „Kann ich denn nicht nur als Seele und Geist lernen?"

„Ja, das kannst du auch, liebe Ursina", erwiderte Raphael. „Doch für dieses Leben hast du gewählt, als Mensch zu lernen."

Ursina protestierte: „Nein, das habe ich mir ganz sicher nicht ausgesucht. Ich werde immer allein gelassen. Wer würde sich das schon freiwillig aussuchen?"

Raphael zeigte dem Mädchen die Zeit, bevor sie in diesen Körper inkarnierte. Ursina sah, dass auch sie wie Raphael leuchtete. Ursina sah, wie sie voll Freude zum Schöpfer ging und versprach, auf die Erde zu gehen und den Menschen seine Liebe zu zeigen.

Als Ursina die grosse Liebe des Schöpfers spürte, erinnerte sie sich wieder daran, warum sie dieses Menschenleben gewählt hatte.

„Aber Raphael", rief das Mädchen verzweifelt, „die Menschen wollen meine Liebe nicht, die Mama hat gesagt, wenn ich meinen Bruder lieb habe, muss er sterben und meine Katze, die ich so von ganzem Herzen geliebt habe, ist tatsächlich gestorben!"

Raphael gab zu, dass da einiges nicht so gelaufen war, wie Ursina es wollte. Doch er tröstete das Mädchen und erwiderte: „Auch wenn nicht alles so läuft, wie du dir das gewünscht hättest, wirst du daraus vieles lernen, was du für deine Arbeit brauchen wirst. Eines Tages wirst du den Menschen, die offen dafür sind, die Liebe des Schöpfers zeigen. Bis dahin lerne fleissig, liebe Ursina. Studiere die Menschen. Nimm ihre Gefühle wahr und lerne, was die Menschen so bewegt. Dann kannst du sie bei ihrer Suche nach Liebe unterstützen."

Ursina versprach Raphael, dass sie fleissig lernen würde.

Plötzlich sah Ursina hinter Raphael Menschen erscheinen.

„Raphael, wie sind diese Menschen in die Wohnung gekommen? Die Türe ist doch verschlossen."

Raphael erklärte Ursina, dass dies verstorbene Menschen sind, die den Weg in das Licht zum Schöpfer nicht finden. Weil sie mein Licht gesehen haben, dachten die Seelen, sie würden jetzt auch den Weg in das Licht finden. Raphael erklärte weiter, dass es erlaubt ist, diese Seelen in das Licht zu schicken. Danach zeigte er Ursina, was sie tun musste, um diesen verlorenen Seelen in das Licht zu helfen.

Doch Ursina hatte Angst. Sie wollte die Seelen nicht sehen und so verschloss Ursina ihr hellsehendes Auge und ihr strahlendes Licht, damit sie die Seelen nicht mehr auf sich aufmerksam machte. Ursina dachte: „Wenn ich unsichtbar bin, bin ich geschützt." Nun konnte Ursina die Seelen zwar nicht mehr sehen, aber sie fühlte oft ihren Schmerz, Trauer, Wut und Hass.

Ursina verstand auf einmal, warum sie sich oft sehr traurig fühlte und nicht wusste warum. Doch als sie Raphael danach fragen wollte, war der wunderschöne Engel verschwunden.

Ursina wartete weiter auf ihre Eltern. Tage kamen und gingen und gerade als Ursina dachte, die Eltern hätten sie vergessen, hörte sie den Schlüssel in der Türe.

Als ihre Mutter sah, dass Ursina die Schüsseln, in denen die Haferflocken waren, nicht abgewaschen hatte, schimpfte sie mit Ursina.

Ursina machte sich sofort daran, alle Schüsseln einzusammeln und abzuwaschen. Ursina dachte, dass sie es ihrer Mutter einfach nicht recht machen konnte. Sie spürte, wie wütend und gestresst ihre Mutter war. Das Mädchen nahm die Gefühle ihrer Mutter in sich auf und dachte, dass sie so die Gefühle der Menschen kennenlernen konnte. Und tatsächlich, bald ging es ihrer Mutter besser und sie war auch netter zu Ursina.

Die Ferien waren viel zu schnell zu Ende und Ursina musste wieder in den Kindergarten gehen. Ursina konnte die Gefühle der Kinder noch viel stärker spüren. Oft hielt Ursina die Flut von Gefühlen, die auf sie einströmten, kaum aus, sodass sich das Mädchen mehr und mehr zurückzog. In dieser Zeit lebte Ursina oft in ihrer Fantasiewelt, wo alle Wesen liebevoll miteinander umgingen.

Nach den Sommerferien kam Ursina in die 1. Klasse. Die Lehrerin, Frau Schüpfer, war sehr streng. Es dauerte auch gar nicht lange, bis Ursina zu fühlen begann, dass Frau Schüpfer lieber die Natur erforschte, als Kinder zu unterrichten.

Da Ursina ein sehr ruhiges, in sich gekehrtes Kind war und alles tat, was man ihr sagte, wurde sie von der strengen Lehrerin in Ruhe gelassen.

Ursina teilte die Klasse mit einem Mädchen, das wundervolle, lockige schwarze Haare hatte. Ihr Name war Eva. Frau Schüpfer verlangte von allen Mädchen, die lange Haare hatten, dass sie diese in einen Zopf flochten. Doch bei Evas widerspenstigen lockigen Haaren sprangen immer wieder Locken aus dem Zopf, was Frau Schüpfer erzürnte. Eines Tages packte die Lehrerin Eva an ihren Haaren, zog sie in die Luft und schüttelte das Kind. Als Frau Schüpfer Eva wieder losliess, hatte sie ein grosses Büschel Haare von Eva in der Hand. Ursina erstarrte. Ganz deutlich konnte sie Evas Schmerz fühlen. Es tat schrecklich weh.

Ursina konnte nicht anders als in ihre Fantasiewelt zu gehen, um sich von dem Schmerz zu erholen.

Eines Morgens beobachtete Ursina, wie ein Mitschüler nach der Pause auf seinem Stuhl hin und her rutschte. Ursina fühlte instinktiv, dass er auf die Toilette musste. Da er in der Pause jedoch Fussball spielte, vergass er, auf die Toilette zu gehen. Frau Schüpfer verlangte von allen Schülern, dass sie in den Pausen auf die Toilette gingen. Im Unterricht zu gehen, war höchst unerwünscht. Ursina fühlte Peters grosse

Not. Er rutschte auf dem Stuhl hin und her, bis er sich ein Herz fasste und fragte, ob er auf die Toilette gehen dürfte.

Sofort keifte Frau Schüpfer Peter an, dass in 5 Minuten so und so Mittagspause sein würde.

„Du wirst schon noch so lange warten können", schloss sie ab.

Doch da geschah es! Peter machte in die Hosen und alles rann über den Boden. Frau Schüpfer packte Peter am Hals und zwang ihn, alles zu putzen. Danach stellte sie Peter vor der ganzen Klasse als Versager hin. Ursina spürte Peters Scham und Schmerz.

Einmal mehr fragte sich das Mädchen, warum die Menschen denn so gemein zueinander waren. Ursina dachte sehnsüchtig an ihre wundervolle Zeit bei den Feen. Dort war die Welt noch in Ordnung und auch die Lehrerin Casseira war lieb und aufmerksam zu allen ihren Schülern.

Winterferien

Als die Winterferien kamen, fuhr die gesamte Familie in den Urlaub. Für Ursina war es ein Riesengeschenk, mit ihren Eltern Zeit verbringen zu dürfen. Ihre Mama würde auf Samuel aufpassen und ihr Papa würde mit Ursina Schlitten fahren gehen.

Sie liefen einen steilen Berghang hinauf. Als sie oben angekommen waren, mussten die beiden erst einmal tief Luft holen. Ursina strengte sich gerne an, wenn sie nur bei ihrem Papa sein konnte!

„Komm!", rief ihr Vater. „Setz dich auf den Schlitten und wir rodeln hinunter.!"

Doch mit einem Male erinnerte sich Ursina daran, was letztes Jahr geschehen war, als sie mit ihrer Mama Schlitten fahren ging. Sie erinnerte sich noch genau daran, wie sie sich das Bein gebrochen hatte und wie sehr diese Erfahrung schmerzte. Sofort bekam Ursina wieder Angst und fragte ihren Papa, ob sie nicht vielleicht doch wieder den Hang hinunterlaufen konnten.

„Papa, ich möchte lieber wieder hinunterlaufen. Ich habe Angst."

Ihr Papa erwiderte lachend: „Wenn du lieber hinunterlaufen willst, so musst du schon allein hinunterlaufen. Ich rodle einfach hinter dir her!"

Doch grösser noch als ihre Angst vor dem Rodeln war ihre Angst allein zu sein und so setzte sich Ursina vor ihren Papa auf den Schlitten. Ursina klammerte sich an den Schlitten und tat, was ihr Papa von ihr verlangte, auch wenn sie furchtbare Angst hatte.

Der Schnee war vereist und sehr hart. Plötzlich verhängte sich Ursinas Fuss in einem Loch im Schnee und wie letztes Jahr fiel sie auch diesmal vom Schlitten. Für einen Moment verspürte Ursina einen überwältigenden Stich und als ihr Papa sie aufheben wollte, schrie sie laut auf vor Schmerz. Ihr Papa wollte ihr nochmals aufhelfen, doch Ursina schrie einfach von anhaltendem Schmerz.

Ein Mann vom Pistenservice wurde durch Ursinas Schmerzensschreie aufmerksam und kam herüber. Mit einem Blick erkannte er die Situation und alarmierte die

Ambulanz. Ursina hatte einen Schock und zitterte vor Kälte. Ihr Papa zögerte erst gar nicht und gab seiner Tochter seinen daunengefütterten Anorak. Danach dauerte es nur einige wenige Minuten, bis Ursina zwei Schifahrer mit dem Rettungsschlitten kommen sah. Sie legten Ursina in den Schlitten und packten sie ganz warm in eine Decke hinein.

Da Ursina ein Schmerzmittel bekommen hatte, merkte sie auch nicht viel von der Fahrt ins Tal, wo bereits die Ambulanz wartete, um das Mädchen in das nächste Spital zu bringen. Dort wurde ein komplizierter Trümmerbruch festgestellt, der sofort operiert werden musste.

Als Ursina aus der Narkose erwachte, sass ihr Papa bereits neben ihrem Bett.

„Liebe Ursina", begann ihr Vater, „du musst nun eine Woche im Spital bleiben und dann kannst du wieder nach Hause kommen. Jedoch wird es einige Zeit dauern, bis du wieder laufen kannst. Doch wir werden dich, so oft es hier im Spital erlaubt ist, besuchen kommen."

Ursina hörte die letzten Worte schon gar nicht mehr, denn sie schlief vor Erschöpfung wieder ein. Und als sie erwachte, war sie wieder allein.

Es dauerte jedoch nicht lange, bis eine Krankenschwester mit dem Mittagessen für Ursina kam.

Es gab leckeres Kartoffelpüree, das Ursina sehr mochte. Dazu Fleisch und eine grosse Portion Zucchini. Und weil Ursina Zucchini einfach nicht ausstehen konnte, liess sie diese auch stehen. Doch hatte das Mädchen nicht mit der Krankenschwester gerechnet.

Als diese nämlich kam, um den Teller wieder abzuholen, sah sie die Zucchini am Tellerrand. Die Krankenschwester war empört, schimpfte und zwang Ursina alles auf ihrem Teller zu essen. Widerwillig zwang sich das Mädchen, das Gemüse hinunterzuwürgen, nur um es im nächsten Moment auf die Bettdecke zu erbrechen!

Als die Krankenschwester sah, was Ursina passiert war, schimpfte sie, bis das Mädchen zu weinen begann. Sie murmelte noch schnell etwas Unverständliches und liess Ursina wieder in Ruhe. Danach kam eine andere Schwester, die das Bett abzog und alles säuberte. Sie war ganz anders als die erste Krankenschwester. Als sie das traurige Mädchen betrachtete, sagte sie liebevoll:

„Sei nicht traurig. So etwas kann jedem einmal passieren. Das ist nicht so schlimm. Weisst du, auch ich mag Zucchini nicht so gerne, doch ich probiere immer wieder einen kleinen Löffel voll. Wenn die Zucchini jedoch wirklich gut zubereitet sind, ja, dann mag sogar ICH Zucchini."

Ursina mochte diese Krankenschwester. Sie war lieb und verständnisvoll. Und bevor sie sich versah, war eine Woche vorüber und Ursina durfte nach Hause gehen. Doch die Ärzte hatten ihr strenge Bettruhe verschrieben. Sie musste im Bett bleiben und durfte nicht aufstehen.

Ihre Eltern kauften Ursina einige Märchenschallplatten und eine Flöte.

„Ursina", sagten ihre Eltern, „wir gehen jetzt in das Geschäft eine Etage tiefer und wenn du etwas brauchst, bläst du einfach in die Flöte. Sobald wir dich hören, wird einer von uns heraufkommen und dir helfen."

Und so gingen Ursinas Eltern zur Arbeit und das Mädchen war wieder allein.

Die Schallplatte hatte einen Kratzer, sodass das Märchen immer an derselben Stelle hängen blieb. Und dies hörte sich in etwas so an: „... dann kam die böse Stiefmutter und, dann kam die böse Stiefmutter und, dann kam die böse Stiefmutter und ...."

So ging es endlos immer weiter. Als Ursina es nicht mehr aushielt, flötete sie, was ihre Lungen hergaben. Immer und immer wieder blies Ursina in die Flöte, doch niemand kam, um ihr zu helfen. Niemand hörte Ursinas verzweifeltes Flötenspiel.

Vor Erschöpfung schlief Ursina irgendwann ein.

Als ihre Mutter mit der Arbeit fertig war, kam sie herauf, um nach Ursina zu sehen. Und da hörte auch sie es: „... dann kam die böse Stiefmutter und, dann kam die böse Stiefmutter und, dann kam die böse Stiefmutter und ...."

Ursinas Mutter sah einen Hick an der Wand und dachte bei sich, Ursina musste die Flöte wohl aus Wut an die Wand geworfen haben. Doch diesmal sagte sie nichts.

Als Nächstes bekam Ursina ein dickes Märchenbuch, über das sie sich sehr freute und auch gleich zu lesen begann. Obwohl es da immer wieder ganz schön gruselige Stellen gab, die Ursina Angst einflössten, ging am Ende dann doch immer wieder alles gut aus. Und wenn Ursina in der Nacht träumte, so war sie immer die Prinzessin oder der Held, der alle rettete.

Eines Nachts träumte Ursina, dass ihr Bein wieder ganz gesund war. Sie stand auf und schlafwandelte in der Wohnung umher, nur um wieder in das Bett zurückzugehen. Am nächsten Morgen konnte sich Ursina weder an den Traum erinnern noch daran, dass sie schlafwandelnd durch die Wohnung lief. Nur eines war anders. Heute tat ihr Bein schrecklich weh.

Ihre Eltern riefen nach dem Doktor. Nur ein Blick auf Ursina und das Bein und der Doktor wusste, was los war. Er schimpfte mit Ursina, dass sie nicht gefolgt hätte und trotz Anordnung, nicht ihr Bett zu verlassen, aufgestanden ist.

Ursina, die sich jedoch an nichts erinnern konnte, beteuerte, das Bett nicht verlassen zu haben.

Doch nichts half. Ursina musste zurück ins Spital, um erneut operiert zu werden.

Und so kam es, dass Ursinas Bein noch am selben Tag operiert wurde. Schlimmer noch, sie wurde in ihrem Bett angebunden, damit sie nicht wieder aufstehen würde.

Es dauerte jedoch nicht lange und Ursina durfte wieder nach Hause. Und einmal mehr hiess es Bettruhe für das Mädchen. Diesmal verlief ihre Bettruhe ohne weitere Zwischenfälle. Und selbst dann, als sie wieder aufstehen durfte, musste sie mit Krücken herumlaufen, da das verletzte Bein nicht belastet werden durfte. Doch zumindest konnte das Mädchen wieder aufstehen und musste nicht länger nur im Bett liegen.

Da Ursina noch zu schwach war, den ganzen Weg in die Schule zu laufen, wurde sie von zwei Mädchen ihrer Klasse abgeholt. Die Mädchen setzten Ursina in einen Leiterwagen und zogen sie auf diese Weise zur Schule. Ursina schämte sich, dass sie von den beiden Mädchen so abhängig war, doch zugleich war sie dankbar für die Unterstützung. Auf diese Weise lernte Ursina nach einem halben Jahr Abwesenheit ihre Mitschüler/Innen neu kennen.

Da Ursina für solch eine lange Zeit nur liegen durfte, nahm sie einiges an Gewicht zu. Leider nahmen das einige Kinder zum Anlass, Ursina dafür zu hänseln. Sie sagten einige wirklich gemeine Dinge zu dem Mädchen. Ursina war sehr traurig darüber und zog sich wieder in ihr Schneckenhaus zurück.

Als sie wieder zu Hause war, weinte Ursina und beklagte sich bei ihrer Mama.

„Mama", sagte sie, „ich gehe nie wieder in die Schule."

Als ihre Mama fragte, was denn los wäre in der Schule, erzählte Ursina schluchzend, was ihre Mitschüler über sie und ihr Gewicht gesagt hatten und wie sehr diese Worte schmerzten.

„Von der Schule zu Hause bleiben kommt gar nicht infrage. Du wirst morgen schön wieder hingehen, doch ich werde mit dir kommen und mit deinen Lehrern sprechen."

Und so ging das Mädchen, schweren Herzens, mit ihrer Mama am nächsten Tag zur Schule. Ursina fürchtete sich sehr und hoffte, dass sie von den anderen Schülern in Ruhe gelassen werden würde.

Alle Schüler waren bereits im Klassenraum, als der Lehrer und Ursinas Mama immer noch vor der Türe sprachen. Der Lehrer wollte in seiner Klasse nichts von Mobbing wissen und rief all die Jungs, die gemein zu Ursina waren, mit vor die Türe.

Ursina wusste nicht, was ihre Mama oder der Lehrer den Jungs gesagt hatte. Doch nach diesem Gespräch liessen die Buben Ursina in Ruhe. Mehr noch, sie behandelten Ursina, als wäre sie Luft.

Ursina wurde zur Aussenseiterin. Sie träumte von einem Leben, in dem sie geliebt wurde, so wie sie eben war.

Durch all ihre Schuljahre hindurch nahm Ursina den Lehrstoff einfach nur so auf. Doch, wenn Geografie am Stundenplan war, erwachte ihre Fantasie. Endlich durfte sie in all die fernen Länder reisen, die gerade besprochen wurden. Die Lehrer merkten nicht, dass das Mädchen oft völlig abwesend war. Ursina beschäftigte sich weiterhin sehr viel mit ihren Büchern, was eine unvorhergesehene positive Seite hatte: Ursinas Lesenoten wurden immer besser. Mit anderen Kindern spielte sie jedoch fast nie.

Eines Tages kündigte die Lehrerin einen Lese-Wettbewerb an. Die Schüler durften abstimmen, wer am besten lesen kann. Der Gewinner würde ein Büchlein mit einer tollen Geschichte erhalten. Ursina wollte dieses Büchlein unbedingt gewinnen, da sie die Geschichte noch nicht kannte.

Und so fing der Wettbewerb an. Bald waren alle Kinder, ausser Ilona und Ursina ausgeschieden. Ursina mochte Ilona bereits seit dem Kindergarten. Ilona war das einzige Mädchen, das Ursina immer freundlich behandelte. Genau genommen war Ilona Ursinas einzige Freundin.

Ursina und Ilona begannen nun die letzte Runde des Wettbewerbs. Jedes Mädchen las ihren Abschnitt und die Klasse entschied, das Ursina die beste Leserin war.

Ursinas Freude konnte nicht grösser sein, denn jetzt würde sie das Büchlein bekommen. Allerdings war ihre Freude nur kurz, denn Ursina konnte Ilonas Gefühle wahrnehmen. Alles, was Ursina spürte, waren Hass, Neid und Eifersucht. Ursina konnte diese Gefühle fast körperlich wahrnehmen. Schlimmer noch, sie fühlte, wie sich Ilona von Ursina abwendete. Dazu kam, dass Ilona die Lieblingsschülerin der Lehrerin war. Auch sie hegte negative Gefühle Ursina gegenüber und wünschte sich heimlich, dass Ilona den Wettbewerb gewonnen hätte. Und sie war damit nicht allein. Auch die anderen Mitschüler waren eifersüchtig und neidig, dass Ursina das Büchlein bekam.

In all dem Getümmel wegen des Wettbewerbs vergass die Lehrerin, Ursina das Büchlein auch wirklich zu geben. Ursina auf der anderen Seite war zu scheu, um danach zu fragen. Und so verwandelte sich Ursinas Freude in Trauer, Enttäuschung und Verletzung. Ursina fühlte sich, als hätte sie etwas falsch gemacht. Sie schlussfolgerte, nie wieder etwas zu gewinnen zu wollen. Sie war überzeugt, dass die Menschen sie hassen würden, würde sie jemals wieder etwas gewinnen.

Ursina zog sich nur umso mehr in sich zurück und wurde einmal mehr eine Einzelgängerin. Sie dachte, wenn sie sich total in sich zurückziehen würde, so könnte sie sich vor weiteren Verletzungen schützen.

Diesem Zwischenfall folgten mehrere Schuljahre, die Ursina vor sich hin träumend verbrachte. Und da ihre Eltern noch immer sehr viel im Geschäft zu tun hatten, gab es niemanden, dem das Kind seinen Kummer anvertrauen konnte.

Doch es gab auch einige Lichtblicke in Ursinas Leben, nämlich immer dann, wenn ihr Papa etwas mit ihr unternehmen würde.

Ursina liebt ihren Papa von ganzem Herzen. Er hatte nicht oft Zeit, aber wenn er mit Ursina etwas unternahm, bekam Ursina seine gesamte Aufmerksamkeit. Doch auch diese Lichtblicke wurden getrübt, denn Ursina konnte spüren, dass ihre Mama auf die Liebe und Aufmerksamkeit, die sie von ihrem Papa erhielt, eifersüchtig war.

Ursina konnte das nicht wirklich verstehen. Ihre Mama hatte doch Samuels ganze Liebe. Da war es doch okay, wenn ihr Papa sie lieb haben würde.

Eines Tages ging Ursina mit ihrem Papa Kleider kaufen. Sie bekam ihren ersten Hosenanzug, blau mit weisen Tupfen. Ursina freute sich riesig, denn niemand in ihrer Schule hatte einen so wundervollen Hosenanzug.

Doch auch hier war Ursinas Freude kurzlebig. Schnell spürte sie die Eifersucht ihrer Mitschüler. Aber auch zu Hause konnte sie der Eifersucht ihrer Mutter, die auch so einen Hosenanzug wollte, nicht entkommen.

Ursina beschloss, von nun an würde sie sich klein und unsichtbar machen. Sie dachte, wenn sie dick wäre und anderen Menschen nicht gefallen würde, so könnte sie sich vor deren Hass beschützen. Ausserdem erinnerte sich Ursina, wie sie damals von ihren Mitschülern wegen ihres Gewichtes verlacht wurde. Damals halfen ihre Mama und ihr

Lehrer, sodass Ursina nicht länger gehänselt, sondern in Ruhe gelassen wurde.

Einige Tage nach dem Zwischenfall mit dem Hosenanzug begannen Ursinas Eltern zu streiten. Ursina dachte, sie wäre schuld an dem Streit ihrer Eltern. Ursina war verzweifelt, denn sie wusste nicht, wie sie ihren Eltern helfen sollte. So beschloss sie, sich noch unsichtbarer zu machen. Das würde das Streiten der Eltern beenden.

Egal wie unsichtbar Ursina sich machte, das Streiten der Eltern hörte nicht auf. Ganz im Gegenteil. Es wurde immer ärger. Nicht nur schrien sie sich an, sie begannen nun auch, sich mit Gegenständen zu bewerfen.

Am Mittagstisch spürte Ursina die Wut ihrer Eltern, jedoch hatte keiner den Mut etwas zu sagen. Ursina stocherte lustlos in ihrem Essen. Ursinas Mutter nahm das Verhalten ihrer Tochter zum Anlass, sie erneut zu rügen.

„Sei nicht so zimperlich", mahnte ihre Mutter. „Bei uns wird gegessen, was auf den Tisch kommt."

Ursina getraute sich nicht einmal mehr zu weinen, denn sie dachte, wenn ich jetzt zu weinen beginne, werden auch meine Eltern wieder streiten. So würgte sie einfach das Essen hinunter und verliess den Esstisch.

Ursina war so traurig, dass sie es kaum noch unter Menschen aushielt. Nur in ihrer Fantasie hatte sie ein glückliches Leben. Sie verkroch sich hinter ihren geliebten Büchern, die ihre einzigen Freunde zu sein schienen.

Als Ursina 10 Jahre alt war, machte ihre Mama eine Bemerkung über ihren geliebten Papa. Sie sagte: „Ursina, dein Vater ist schwul!"

Ursina wusste nicht, was schwul bedeutete. Sie konnte jedoch aus dem Tonfall ihrer Mutter erkennen, dass schwul in den Augen ihrer Mutter etwas Schlechtes war. Sie traute sich nicht einmal, ihre Mutter darüber zu befragen. So kaufte sie sich von ihrem Taschengeld ein Bravo-Heft. Hier erfuhr sie, dass schwul sein bedeutete, dass zwei Männer sich lieben und auch ihre Sexualität ausleben.

Ursina hatte damit kein Problem. Sie würde ihren Papa auch dann lieben, wenn er einen anderen Mann liebte. Ursina konnte nicht verstehen, warum ihre Mama so böse auf den Papa war. Da Ursina sich so sehr nach der Liebe ihrer Mutter sehnte, zog sie sich von ihrem Papa zurück und drückte ihre Liebe zu ihm nur dann aus, wenn ihre Mutter es nicht sehen konnte.

Das Streiten ihrer Eltern nahm jedoch zu. Nur an Familienfesten oder wenn Kunden eingeladen waren, spielten sie eine glückliche Familie, eine heile Welt. Ursina fand nur noch Trost beim Essen und ihr Gewicht nahm ständig zu. Ursina war unglücklich und ihr Leben wurde ihr bald zur Qual.

Eines Tages stellte ihre Mutter grob fest: „Ursina, du bist fett. Du musst dich mehr bewegen! Aus diesem Grund habe ich dich in der Ballettschule angemeldet."

In der Ballettschule fühlte sich Ursina total fehl am Platz, denn all die anderen Mädchen waren schlank. Die Ballettlehrerin war jedoch sehr freundlich und geduldig mit Ursina.

Bald hatte Ursina den Dreh heraus und das Tanzen machte ihr riesigen Spass. Sie übte, wann immer sie konnte, doch der Streit ihrer Eltern war ihr inzwischen unerträglich geworden. So bat sie ihren Papa, sie doch in ein Internat gehen zu lassen.

Ursina erstaunte ihren Papa mit ihrer Bitte nicht wenig, doch er ermöglichte es seiner Tochter, ab dem neuen Schuljahr in ein Internat zu gehen. Ursina würde dann nur noch in den Ferien nach Hause kommen. Das Mädchen malte sich bereits aus, wie sie dann von dem ständigen Streit Ruhe hätte.

Das neue Schuljahr konnte nicht schnell genug kommen. Im Internat waren viele junge Mädchen und die Lehrerinnen waren alle Klosterfrauen. Ursina teilte ein Zimmer mit Anja. Ursina spürte schon bald, wie unsicher und wertlos sich Anja fühlte. Ursina beschloss guten Herzens, dass sie sich um Anja kümmern würde, damit das Mädchen wieder fröhlich sein konnte. Von da an unterstützte Ursina ihre Zimmerkollegin, wo immer sie konnte.

Doch es dauerte nicht lange, bis Ursina wieder Neid und Rivalität sowohl unter den Mädchen als auch den Lehrerinnen spürte. Das Mädchen musste sich eingestehen, dass sie auch im Internat keine Ruhe von den negativen Gefühlen der Menschen hatte.

Mit einem Male wurde Ursina unendlich müde und zog sich wieder in ihre Fantasiewelt zurück. In ihren Gedanken und Träumen erlebte Ursina eine Welt, in der sich alle liebten, in der alle Menschen sowohl nett und freundlich als auch mit Mitgefühl miteinander umgingen.

Ursina sah in ihrer Welt wie Tiere, Pflanzen und Menschen einander liebten und respektierten. Ursina fühlte sich nur noch in ihrer eigenen Welt gut aufgehoben.

Oft wurde sie von Anja aus ihren Träumen geweckt. Anja klagte Ursina ihr Leid und Ursina hörte immer geduldig zu. Nur manchmal dachte Ursina, dass auch sie jemanden bräuchte, der ihr zuhörte und im Leben weiterhalf. Das Mädchen fühlte sich innerlich unendlich leer und allein.

Ursina hoffte, dass sie im Internat die Liebe des Schöpfers bei den Klosterfrauen finden würde. Doch selbst hier bei den Klosterfrauen fand Ursina Eifersucht und Neid. Ursina bemerkte immer wieder, wie sich die Klosterfrauen gegenseitig das Leben schwer machten.

Als Ursina es nicht mehr aushielt und nur noch allein sein wollte, getraute sie sich, ihre Klassenlehrerin um ein Zimmer für sich selbst zu bitten. Da die Lehrerin bereits bemerkt hatte, dass es Ursina nicht gut ging, organisierte sie für Anja ein anderes Zimmer. Nun zog sich Ursina noch mehr zurück. Sie hatte keine Freundin und kam mit anderen Menschen nur in der Klasse oder bei der gemeinsamen Messe in Kontakt.

Da Ursina auch hier die Liebe des Schöpfers nicht fand, fühlte sie sich einsamer und verlassener denn je.

Am Ende des ersten Schuljahres fragte Ursina, ob sie wieder nach Hause kommen durfte. Sie wollte von nun an wieder von zu Hause aus in die Schule gehen. Ihr Papa war froh, das Internat nicht mehr bezahlen zu müssen. Auch gefiel ihm, seine Tochter wieder daheim zu haben. Und so durfte Ursina nach einem Jahr Internat wieder nach Hause kommen.

Das Streiten ihrer Eltern hingegen hatte nicht aufgehört. Ursina zog sich dann immer in ihr Zimmer zurück und hielt sich die Ohren zu. Obwohl Ursina auf der Erde lebte, reiste ihr Geist mit ihren geliebten Büchern durch ferne Länder. Manchmal flog sie mit einem Adler hoch in die Luft und betrachtete die Welt aus dieser Perspektive. Das waren die glücklichsten Momente für Ursina.

„Solange ich in meinem Geist reisen konnte, halte ich das Leben auf der Erde aus", dachte das Mädchen.

In der neuen Schule war es jedoch nicht viel anders. Sie hatte viele neue Schüler in der Klasse und fühlte sich dabei überhaupt nicht wohl.

Der Lehrer war ein sehr unglücklicher Alkoholiker. Ursina spürte, dass auch der Lehrer des Lebens müde war. Es interessierte Ursina nicht, was der Lehrer zu sagen hatte.

Stattdessen dachte sie zurück an die Zeit in der Feenschule. Sie dachte an die Lehrerin Casseira, die so wundervoll alles über die Tiere, Pflanzen, Edelsteine und die Natur erklären konnte. Ursina spürte, dass vieles, das in der Menschenschule gelehrt wird, vollkommen unnötig war, um Mensch zu sein.

Wonach Ursina sich sehnte, war ein liebevoller Umgang mit anderen, Höflichkeit und Akzeptanz. Darüber hinaus wollte sie erfahren, wie sie ihre Nahrung selbst anbauen oder Dinge schaffen konnte, wichtiger noch, was wir tun könnten, um einander zu unterstützen, um die Talente jedes einzelnen zu fördern.

„Das wirklich Wichtige im Leben wird in der Schule nicht gelehrt", seufzte Ursina enttäuscht.

Ursinas Papa merkte, dass es Ursina immer schlechter ging. So erzählte er seiner Tochter, dass es in Deutschland eine hervorragende Friseurschule gab.

„In dieser Schule würdest du 1 Jahr lang lernen, was alles zu diesem Beruf gehört", schloss ihr Vater den Vorschlag ab.

Da Ursina nicht mehr in die Schule gehen wollte, nahm sie dieses Angebot freudig an. Ihr Papa hatte bereits ein schönes Zimmer bei einer sympathischen Schlummermutter gemietet. Alles, was für Ursina noch zu tun blieb, war ihren Koffer zu packen.

Ursina teilte das Zimmer mit einem zweiten Mädchen. Bettina war sehr freundlich. Ursina konnte nicht nur Bettinas Freundlichkeit spüren. Sie spürte auch das Mitgefühl und die Liebe ihrer Zimmergenossin.

In der Friseurschule waren alle Mitschüler sehr fleissig am Lernen. Ursina gefiel die Schule und es machte ihr Spass. Mit einem Mal verstand Ursina ihre Eltern, die ja auch Friseure waren. Den Kunden eine neue Frisur zu zaubern und am Schluss zu sehen, wie sehr sich die Menschen freuten, das gefiel Ursina. Sie freute sich, etwas gefunden zu haben, das sie den Menschen geben konnte.

Bald war dieses Jahr vorüber und Ursina konnte wieder nach Hause kommen. Sie war sich bereits sicher, dass sie den Beruf der Friseurin weiter lernen wollte.

Als Ursinas Mama den Wunsch ihrer Tochter hörte, zeigte sie Ursina, wie sie eine Lehrstelle finden konnte. Und tatsächlich dauerte es auch gar nicht lange und Ursina fand in der Stadt eine Lehrstelle. Die Anfahrtszeit war nicht lang. Zuerst mit dem Zug, dann mit dem Bus und Ursina konnte in einer halben Stunde im Friseursalon sein. Das kleine Geschäft bestand aus der Friseurin Monique, der Lernenden Daniela, die im letzten Lehrjahr war und dem Chef, Herrn Müller.

Ursina war am ersten Tag sehr aufgeregt, doch freute sie sich, all die neuen Menschen kennenzulernen. Monique und Herr Müller waren sehr freundlich. Bei Daniela merkte Ursina jedoch eine grosse Ablehnung. Sie war feindselig und schikanierte Ursina, wann immer der Chef es nicht bemerkte.

Ursina konnte nicht verstehen, warum Daniela so unfreundlich zu ihr war, doch sie tröstete sich damit, dass Daniela in einem Jahr ausgelernt sein und den Frisiersalon verlassen würde. Ursina war jedoch oft traurig und ihr Selbstwertgefühl tauchte in den Keller. Sie gab sich zwar Mühe, Daniela zufriedenzustellen, doch was immer Ursina tat, Daniela blieb unzufrieden und unfreundlich.

Aber auch dieses Jahr verging und Daniela verliess das Geschäft. Ursina blühte auf. Im zweiten Lehrjahr arbeitete Monique 3 Tage im Damensalon und die restlichen 2 Tage durfte Ursina den Damensalon selbstständig leiten. Auch im Herrensalon durfte Ursina immer mehr Arbeiten allein ausführen.

Es gefiel Ursina, Menschen mit neuen Frisuren glücklich zu machen. Es dauerte jedoch viele Jahre, bis Ursina erkannte, dass Daniela immer so unfreundlich war, weil sie eifersüchtig auf Ursina war. Daniela dachte wahrscheinlich, dass sie es dem neuen Lehrling so richtig zeigen würde. Tatsache jedoch war, dass Ursina bereits in ihrem ersten Jahr, in der Friseurschule in Deutschland, so viel gelernt hatte, dass Daniela ihr nichts mehr lehren konnte.

Einmal mehr bekam Ursina zu spüren, was Eifersucht zu Menschen tun konnte. Ursina nahm sich vor, sich selbst noch mehr zurückzustellen, da sie dachte, wenn sie sich ganz zuletzt anreihen würde, so würden die Menschen freundlicher zu ihr sein.

Von hier an half Ursina den Menschen immer mehr. Alle anderen waren wichtiger als sie selbst.

Leider wurde Ursina dadurch von vielen Menschen ausgenützt. Doch das junge Mädchen dachte, dass das so sein müsse, dass dies der einzige Weg für Menschen wäre, nett zu ihr zu sein.

Das ging so lange, bis Ursina nicht mehr konnte. Selbstmordgedanken krochen immer wieder in ihr Bewusstsein, doch sie spürte auch eine grosse Kraft, die sie dazu antrieb, mutig voranzuschreiten und ihr Leben zu leben. Auch wenn Ursina noch so verzweifelt war, sie spürte, dass in ihrem tiefsten Innern noch etwas war. Aber was? Ursina suchte in vielen Weiterbildungskursen nach Antworten. Kurzfristig würde das, was sie gelernt hatte, ihr auf ihrem Lebensweg helfen, doch das, was sie suchte, fand sie in den Kursen nicht.

Die Jahre vergingen und das Mädchen wuchs zu einer jungen Frau heran. Ursina war nicht anders als viele junge Menschen. Sie verliebte sich in Jonny. Das Leben war angenehm. Das junge Paar ging viel auf Reisen und erfreute sich an allem, das das Leben zu bieten hatte. Schliesslich heirateten sie und bald darauf wurde Ursina Mutter.

Ursina war unbeschreiblich glücklich und beschäftigte sich viel mit ihrem Sohn. Sie sah ihren Sohn als ein wunderbares Geschenk und ein Wunder des Lebens. Eigentlich wollte Ursina noch ein zweites Kind, doch sie bemerkte, dass Jonny bereits jetzt eifersüchtig auf ihren Sohn war. So beschloss Ursina schweren Herzens, auf ein zweites Kind zu verzichten.

Über die Jahre jedoch verlor Ursina ihre Liebe zu Jonny. Sie gab alles, was sie zu geben hatte, ihrem Sohn. So lebten sie 10 Jahre mehr oder weniger nebeneinander als eine glückliche Familie.

Als Ursinas Sohn 10 Jahre alt war, erkrankte Jonny an Krebs. Er wurde operiert und erhielt Chemotherapie. Ursina unterstützte Jonny, so gut sie konnte. Auf diese Weise vergingen weitere 10 Jahre, denn immer wieder tauchten Metastasen an einem neuen Organ auf. Weitere Operationen und Therapien folgten. Ursina bemerkte, dass ihr Sohn unter der Krankheit seines Papas zu leiden begann. Sie wollte auch ihm helfen, doch sie hatte dafür einfach keine Kraft mehr.

Durch all die Jahre, in denen sich Ursina um Jonny kümmerte, funktionierte sie nur noch. Ihr eigenes Leben zu leben, schien eine immer entferntere Sehnsucht zu werden. Sie tat alles in ihren Kräften, um ihrer Familie zu helfen. Doch für sich selbst hatte sie alle Kraft verloren.

Und so kam es, dass sich Ursina eines Tages eine Woche Auszeit von der Familie nahm, um auf Kur zu gehen. Ursina ging sehr viel im Wald spazieren. Sie atmete die Luft tief ein und plötzlich hörte sie eine Stimme.

„Ursina, erinnerst du dich an mich?"

Ursina blickte sich um und sah, dass sie vor einer wundervollen alten Eiche stand.

Ursina erinnerte sich, dass sie als Kind mit der Eiche gesprochen hatte.

„Wie geht es dir, liebe Eiche?"

„Oh, liebe Ursina, du erinnerst dich ja doch noch an mich! Weisst du noch, wie oft ich mit dir gesprochen habe, als du ein kleines Mädchen warst?"

„Ja, liebe Eiche, ich erinnere mich noch daran", erwiderte Ursina. „Du hast mich so viel über das Leben der Bäume gelehrt und die wunderbare Liebe, die euch alle verbindet. Erinnerst du dich noch?", fuhr die junge Frau fort, „Du hast mir gesagt, dass auch ich einmal die Menschen genauso lieb haben werde. Bis jetzt ist mir das leider noch nicht gelungen. Menschen lehnen Liebe ab und wenn nicht, so ist ihre Liebe an Bedingungen geknüpft. Und jetzt habe ich einfach keine Kraft mehr."

Die Eiche erwiderte nachsichtig: „Ursina, du musst erst lernen dich selbst zu lieben. Erst dann kannst du andere lieben."

„Liebe Eiche", antwortete Ursina, „ich weiss nicht, wie ich mich selbst lieben könnte. Bis jetzt wurde ich nur dann geliebt, wenn ich das machte, was andere wollten oder aber, wenn ich folge, ganz still bin und mir einfach alles gefallen lasse. Mir fehlt die Kraft weiterzumachen; ich bin unendlich müde geworden."

Plötzlich spürte Ursina die Liebe und die Kraft der Eiche.

„Liebe Ursina, geh deinen Weg, denn es lohnt sich. Ich weiss, du wirst es schaffen."

Ursina sammelte einmal mehr ihren gesamten Mut und machte sich auf den Weg, die Liebe zu suchen.

Bedingungslose Liebe fand Ursina bei ihrer Hündin Gioia. Egal, was Ursina tat, ihr Hund liebte sie. Bei den Menschen hingegen sah das ganz anders aus. Menschen würden Ursina nur dann lieben, wenn sie etwas für sie tat. Es entging Ursina jedoch nicht, wie anstrengend es war, immer etwas tun zu müssen, um geliebt zu werden. Der Spiessrutenlauf begann, als Ursina merkte, dass auch sie sich nur dann lieben konnte, nachdem sie für anderen alles Menschenmögliche getan hatte.

Ursina überlegte hin und her, wie sie das ändern könnte.

Eines Tages erkannte Ursina, dass, nur wenn sie sich selbst veränderte, ihr Leben besser werden konnte. Ursina erinnerte sich wieder an ihre Kindheit. Sie erinnerte sich an die Feen und wie schön es dort war. Im Feenreich konnte Ursina so sein, wie sie war und wurde dafür geliebt. Ursina überlegte weiter. Warum war sie eigentlich vom Feenreich zurück zur Erde gekommen, wenn es ihr dort so viel besser gefiel?

Und da konnte sich Ursina auch wieder an die Schöpferliebe erinnern, aber auch daran, dass ihr die Schöpfung immer wieder versprochen hatte, dass es auch auf der Erde Liebe geben würde.

Bei dieser Erinnerung wurde Ursina wütend auf den Schöpfer!

„Schöpfer", sprach die junge Frau, „du hast mich angelogen. Es stimmt nicht, dass es auf der Erde Liebe gibt!"

Sofort konnte Ursina die Quelle aller Liebe wieder spüren. Es war wie eine sanfte Umarmung, die wie ein Prickeln über ihren gesamten Körper rieselte. Es war die Liebe der Schöpfung!

Ursina schämte sich für ihre Gedanken und dafür, dass sie so wütend wurde und bat die Schöpfung um Verzeihung.

„Liebste Ursina, das ist dir doch schon längstens vergeben", erwiderte der Schöpfer. „Du bist so einen weiten Weg gegangen, du hast solch eine Last getragen und dabei so viel gelernt. Jetzt geht es darum, dich selbst lieben zu lernen, damit du auch andere lieben kannst."

„Aber Schöpfer", entgegnete Ursina, „ich weiss doch nicht, wie ich mich selbst lieben kann!"

„Du musst ganz tief in dich hinein spüren", teilte ihr der Schöpfer mit. „Meine Liebe ist immer in dir!"

Ursina sah in sich hinein und erkannte, dass sie eine dicke Mauer um ihr Herz errichtet hatte. Hier konnte die Liebe weder hinein noch hinaus.

„Schöpfer", begann die junge Frau fast verzweifelt, „ich habe eine Mauer um mein Herz. Wie konnte das geschehen?"

„Liebe Ursina, wenn Menschen verletzt werden, bauen sie oft Mauern oder einen Stacheldraht um ihre Herzen. Sie denken, dass sie sich damit vor weiteren Verletzungen schützen könnten", erklärte der Schöpfer.

Ursina dachte an die vielen Male, die sie von Menschen verletzt wurde und erkannte, dass auch sie diese Mauer um ihr Herz errichtet hatte.

„Lieber Schöpfer", fragte sie erneut, „besteht die Möglichkeit, diese Mauer aus meinem Körper zu entlassen?"

„Ja, natürlich, wenn ich dir eine Heilung gebe, wird sich diese Mauer auflösen", bot der Schöpfer an.

Ursina überlegte einen Moment und erwiderte: „Schöpfer, ich habe es nicht verdient, eine Heilung von dir entgegenzunehmen."

„Liebe Ursina, warum denkst du nur so etwas?"

Und da sprudelte auf einmal alles aus Ursina heraus.

„Als ich ein kleines Mädchen war, wollte ich von meiner Mama Liebe, Zeit und Aufmerksamkeit. Du weisst, von den Feen lernte ich Telekinese und als meine Mama das Geschirr abwusch, lies ich das Geschirrtuch und das Besteck zu mir fliegen. Ich habe meiner Mama geholfen abzutrocknen, da ich dachte, wenn ich helfe, so wird meine Mama mehr Zeit für mich haben. Sie bemerkte jedoch nicht, dass ich ihr geholfen hatte; für meine Mama war ich Luft. Da wurde ich so wütend, dass ich meine Mama gegen eine Wand geklatscht habe. Ich habe ihr dabei sehr weh getan. Ich fühle mich schuldig, so etwas Abscheuliches getan zu haben. Aus diesem Grund verdiene ich keine Heilung von dir, Schöpfer."

Doch da spürte Ursina wieder die Liebe der Schöpfung durch ihren Körper fliessen.

„Ursina, du hast so viel gelernt", begann der Schöpfer erneut. „Jetzt hast du Mitgefühl, Geduld, Respekt und Akzeptanz und vieles mehr gelernt. Weisst du, Ursina, deine Mama und ich haben dir für dein Verhalten schon lange vergeben. Jetzt vergib dir selbst für das, was du getan hast!"

„Lieber Schöpfer", wollte die junge Frau wissen, „wie geht das, mit dem Mir-selbst-Vergeben?"

„Schau, Ursina", erklärte der Schöpfer, „du hast aus diesem Zwischenfall viel gelernt. Jetzt ist es an der Zeit, diese Begebenheit abzuschliessen und dich selbst wieder zu lieben. Sei stolz auf dich, denn du hast durch diese Erfahrung schon so vielen Menschen geholfen und ich weiss, dass du die Menschen liebst. Jetzt ist es an der Zeit, die Liebe auch anzunehmen."

Als Ursina das hörte, merkte sie wie die Mauer um ihr Herz verschwand und es ganz leicht in ihrem Körper wurde.

„Danke schön, Schöpfer, dass du mir das gezeigt hast!"

„Liebe Mama, ich bitte dich um Vergebung und ich vergebe auch dir. Ich habe dich unendlich lieb."

„Geliebte Schöpfung, danke, dass du immer in meinem Herzen bist."

Ursinas Botschaft an alle Menschen dieser Welt war:

„Denkt immer daran, dass ihr alle unendlich geliebt seid. Von Herzen wünsche ich euch, dass auch ihr die Liebe der Erde wieder findet.

Alles Liebe und herzliche Grüsse von Ursina, dem Sternenkind."

EPILOG

Ursinas geliebter Bruder Samuel

Da Samuel an einer Magenkrankheit litt, wurde er von ihrer Mutter sehr behütet und sie nahm sich ausserdem sehr viel Zeit für ihn. Solange er gestillt wurde, erbrach er die Muttermilch in hohem Bogen. Diese Situation verbesserte sich erst dann, als Samuel alt genug war, um Karottenbrei zu essen.

Allerdings wurde Samuel nur so lange von ihrer Mutter verhätschelt, solange er genau das tat, was sie von ihm erwartete. Das führte dazu, dass Samuel noch heute bemüht ist, es den meisten Menschen recht zu tun. Nun ist er 59 Jahre und erst jetzt beginnt er, sich selbst zu lieben – genauso wie er ist.

Als ihre Mama starb, erwachte Ursinas Liebe zu ihrem Bruder und war von hier an nicht aufzuhalten. Heute haben die beiden Geschwister ein wundervolles Verhältnis zueinander.

Der verstorbene Ehemann Jonny

Nach zehnjähriger Krebserkrankung wurde Jonny von seinem jahrelangen Leiden erlöst. In seinen letzten Jahren versuchte Ursina immer wieder, Gott ihrem Mann näherzubringen und sich mit seiner Familie zu versöhnen. Allerdings gelang ihr das nicht und Ursina spürte instinktiv, dass Jonny einen schwierigen Tod haben würde, wenn er mit Gott und den Menschen um ihn herum nicht Frieden schliessen konnte. Und genauso kam es auch. Bevor Jonny seinen letzten Atemzug nehmen durfte, stand ihm ein Todeskampf zuvor.

Lange nach seinem Tod konnte Ursina noch den Geist ihres Mannes spüren.

Sieben Jahre später lernte Ursina, mit der ThetaHealing® Technik, einer spirituellen Heilungsmethode, wie man einen verstorbenen Geist in die Schöpfung schicken kann. Ursina tat das als einen letzten Liebesakt zu ihrem verstorbenen Mann. Doch Jonny kam mit der Liebe des Schöpfers zu Ursina zurück und begleitete sie ein weiteres Stück auf ihrem Lebensweg, diesmal jedoch als ihr Schutzengel und auch nur so lange, bis Ursina einen neuen Schutzengel erhielt.

Heute ist sie Jonny für seine Liebe und Begleitung sehr dankbar.

Ursinas Sohn Loris

Ursina liebte und verwöhnte ihren Sohn sehr, bis ihr Mann erkrankte. Zu dieser Zeit war Loris gerade 10 Jahre alt.

Die Krankheit und Wesensveränderung von Jonny überforderten Ursina. Unbewusst wiederholte sie dasselbe Szenario wie mit ihrer Mama. Ursina vernachlässigte ihren geliebten Sohn. Doch das bemerkte Ursina erst einige Jahre nach Jonnys Tod. Während sie sich aufopfernd um ihren kranken Mann kümmerte, merkte sie kaum, was rund um sie vorging. Sorgen, abgewechselt mit einem Strahl Hoffnung, gehörten zu ihrer Tagesordnung. Ursina durchlebte diese Jahre wie in Trance. Sie hatte ihre Gefühle vollkommen abgeschaltet, weil es zu schmerzhaft war, ihren Mann sterben zu sehen. Erst Jahre später bemerkte Ursina, dass sie die letzten zehn Jahre nicht bewusst erlebt hatte. In ihrer Trauer hatte Ursina einfach keine Kraft mehr, sich um Loris zu kümmern.

Ursina verstand Loris immer weniger und so lebten sie sich auseinander. Doch alles war nicht verloren. Einige Jahre nach dem Tod ihres Mannes fanden Loris und Ursina wieder zueinander. Ursina musste jedoch lange Zeit an ihren Schuldgefühlen gegenüber Loris arbeiten, bis sie ihr Herz für ihn wieder öffnen konnte.

> „Mein geliebter Loris, ich bitte dich um Vergebung, weil ich in deiner grossen Not nicht für dich da war. In Liebe, deine Mama."

Als Ursina sich endlich selbst vergeben konnte, fühlte sie, wie eine grosse Last von ihrem Herz genommen war. Sie erkannte, dass sie die Geschichte ihrer Eltern wiederholt hatte, die ebenfalls durch die Ereignisse ihrer eigenen Kindheit überfordert waren.

ThetaHealing® half Ursina enorm, ihren Werdegang zu verarbeiten. Auf diese Weise gelang sie zu neuen Einsichten, die ihr halfen, sich wieder mit der Schöpfung zu verbinden. Seither hat sie die Liebe und Lebensfreude wieder gewonnen, mit der Ursina jetzt mutig durchs Leben schreitet.

Ursina war nun endlich in der Lage, die Liebe zu den Menschen zu bringen. Sie bildete sich stets weiter und hilft inzwischen anderen Menschen mit Coaching und Seminaren. Ihr Ziel ist es, so vielen Menschen wie möglich zu helfen, wieder voller Lebensfreude und mit Liebe durch das Leben gehen zu können.

> „Ein herzliches Dankeschön an den Schöpfer und deine Führung. Heute sehe ich die Liebe der Schöpfung in jedem Blatt, in jedem Würmchen, in der Mutter Erde und in jedem Menschen. Es war ein langer Weg, doch jetzt steht mir nichts mehr im Weg, mit Liebe, Freude und Leichtigkeit, gewürzt mit Spass und Humor, durchs Leben zu gehen."

Ursinas geliebte Hündin Gioia

Nach dem Tod von Jonny sah Ursina einen Wurf Continental-Bulldog Welpen, die zum Verkauf angeboten wurden. Ursina rief den Züchter an und fragte nach den Namen der Welpen. Der Züchter nannte die Welpen, einen nach dem anderen, bei ihren Namen. Als er zu Gioia (Freude) kam, wusste Ursina, dass sie ihren Hund gefunden hatte. Ohne den Welpen erst anzusehen, kaufte sie den Hund über das Telefon.

Ursina wusste einfach, dass sie jetzt Freude haben wollte und genau das bekam Ursina von Gioia. Sie liebte es, gemächlich mit Gioia durch die Wiesen und Wälder zu schlendern oder ihr zuzusehen, wie sie sich im Fluss ihre Beine und ihren Bauch abkühlte.

Selbst als Ursina sich in ihren jetzigen Mann Georg verliebte, übertrug Gioia ihre Liebe auf beide Menschen. Gioia liebte es, wenn Georg kochte und so mancher Leckerbissen für Gioia übrigblieb.

> „Geliebte Gioia, du warst mir eine warmherzige, verständnisvolle Freundin.
> Danke schön."

Über die Jahre hinweg hatte Ursina einige Hunde, in denen sie immer wieder Trost fand.

Ursina hatte immer schon telepathischen Kontakt zu Hunden, nur geschah das für lange Zeit unterbewusst. Es war erst, als sie ihrem Hund Wesley in Gedanken Kommandos gab, die er auch sofort ausführte. Von diesem Moment an wusste Ursina, dass sie mit Tieren kommunizieren konnte.

> „Ihr habt mich so unterstützt und auch geliebt, wenn es mir schlecht ging. Ihr habt immer einen bleibenden Platz in meinem Herzen. Danke schön, Yen, Wesley, Rocky, Wasti, Gioia und mein jetziger Hund Zucchero."

Über die Autorin

 Ursula Lehmann stammt aus dem Luzerner Seetal in der Schweiz. Ihr Leben ist geprägt von sehr vielen Lernerfahrungen von frühster Kindheit an.

Sie hat viel erlebt in den verschiedensten Berufen. Manchmal denke ich, dass das, was ich erlebt habe, für 2 Leben reicht.

Sie arbeitet als Lehrerin und intuitive Heilerin.

Sie liebt es mit ihrem Sohn und der Familie zusammenzukommen und ein Fest zu feiern.

Sie liebt es mit dem Wohnmobil auf Reisen zu gehen und die Natur zu geniessen.

www.ursula-lehmann.ch
info@ursula-lehmann.ch